紅磚屋和灰色石牆間有棟小房子。

小房子在白天時會靜悄悄的睡著，但是一到半夜十二點⋯⋯

燈就會亮起來，變成一間牙科診所。
這是一間只在晚上營業的特殊牙科診所。

給虎牙時莞

我愛德拉拉
牙科

吸血鬼牙醫協會

牙科醫師證書

吸血鬼德拉拉

國家圖書館出版品預行編目資料

德拉拉牙科診所 / 尹覃饒文.圖；葛增娜
譯. -- 第一版. -- 臺北市：親子天下股份有
限公司, 2022.03
40面 ; 21.5*24.9公分. -- (繪本 ; 289) 注音版
ISBN 978-626-305-165-2(精裝)

862.599   110022655

♥尹覃饒
大學主修繪畫與造型設計，曾替各類
媒體繪製插畫，現專注於繪本創作。

♥書緣有點銳利，請注意不要隨意
丟書，或不小心失手掉下來。（適用
年齡：三歲以上）

© 尹覃饒 2021

繪本 0292

德拉拉牙科診所

文・圖｜尹覃饒　譯者｜葛增娜

責任編輯｜張佑旭　特約編輯｜吳佐晰　美術設計｜王慧雯　行銷企劃｜溫詩潔

天下雜誌創辦人｜殷允芃　董事長兼執行長｜何琦瑜

兒童產品事業群

副總經理｜林彥傑　總監｜林欣靜　版權專員｜何晨瑋、黃微真

出版者｜親子天下股份有限公司　地址｜台北市 104 建國北路一段 96 號 4 樓
電話｜（02）2509-2800　傳真｜（02）2509-2462　網址｜www.parenting.com.tw
讀者服務專線｜（02）2662-0332　週一～週五：09:00~17:30　傳真｜（02）2662-6048　客服信箱｜bill@cw.com.tw
法律顧問｜台英國際商務法律事務所・羅明通律師　製版印刷｜中原造像股份有限公司
總經銷｜大和圖書有限公司　電話：（02）8990-2588

出版日期｜2022 年 03 月第一版第一次印行
定價｜320 元　書號｜BKKP0292P　ISBN｜978-626-305-165-2（精裝）

─────── 訂購服務 ───────
親子天下 Shopping｜shopping.parenting.com.tw　海外・大量訂購｜parenting@cw.com.tw
書香花園｜台北市建國北路二段 6 巷 11 號　電話（02）2506-1635
劃撥帳號｜50331356　親子天下股份有限公司

立即購買 >

德拉拉牙科診所

歡迎光臨
德拉拉牙科診所！

文·圖 尹覃饒
譯 葛增娜

德拉拉牙科診所的第一位病人是吸血鬼奶奶。

「您好！請問您哪裡不舒服呢？」

「我是住在番茄谷的吸血鬼王奶奶，
我的假牙有點問題。
你看看，我的虎牙
都磨平了。」

磚塊假牙

兔子假牙

螺絲假牙

海象假牙

彈簧假牙

鈕扣假牙

鉛筆假牙

食人魚假牙

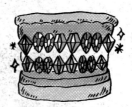
寶石假牙

閃電假牙

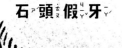

石頭假牙

一般假牙

叉子假牙

鋼鐵假牙

「哎呀，您要重新製作假牙了！
請從這裡選一副您想要的假牙。」

「吸血鬼的假牙當然是越尖越好嘍！
我想要那個。」

「奶奶，請張開嘴，
『啊～』。」

「啊，好燙！
小心一點啦！」

「虎牙一定要做得很銳利！」

比獅子牙齒更堅固的
鋼鐵假牙完成了。

「大小剛剛好呢！醫師，真的很謝謝你，
這下我就算吃一百顆番茄，也不成問題。」

第二位病人扭扭捏捏的走了進來。

「你……你好，我是住在隔壁村的害羞鬼。我的智齒實在太痛了，只好過來……」

「別擔心，只要一秒鐘，我就能幫你把智齒拔掉。」

「為了讓傷口好好癒合，我會幫你多
塗一點勇氣消炎藥。下一個步驟是念
出勇氣咒語。」

嘩啦啦
德拉拉

害羞鬼竟變成了勇氣十足大王。
原來牙醫拔掉了智齒，也拔掉了
她膽小的心呢！

第三位病人
有點吵鬧。

「請幫幫我，德拉拉醫師。
我那貪吃鬼小兒子
說他牙齒很痛。」

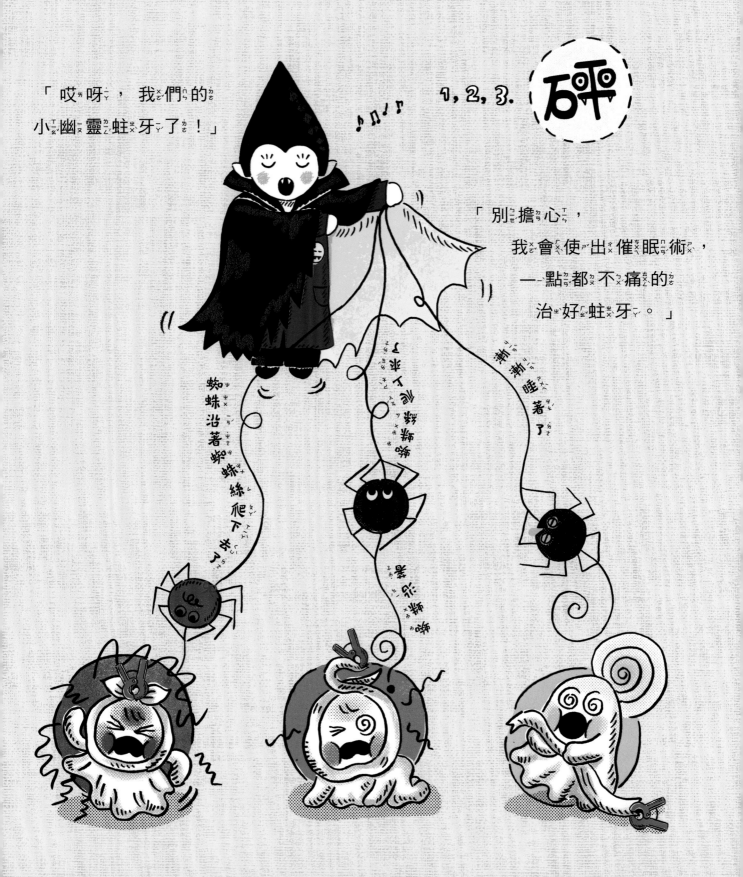

「很好，他睡著了。來，我們趕緊進行治療吧！」

第四位是新鮮的玉米病人。

「你好，我是玉米。 我討厭我的大黃牙，
所以過來請醫生處理。 」

「堅固健康的黃牙是你獨特的魅力，
要不要再仔細考慮一下？ 」

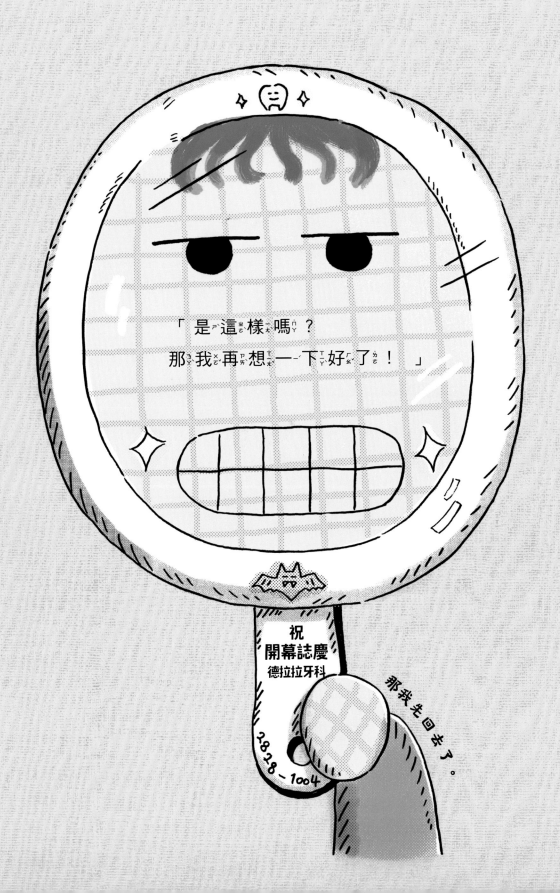

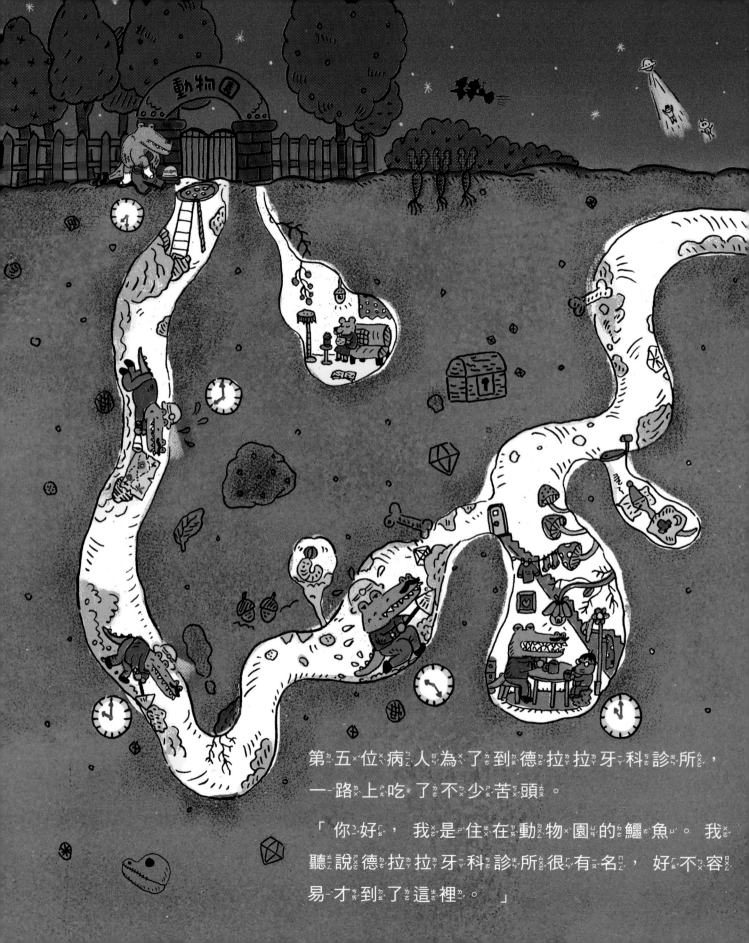

第五位病人為了到德拉拉牙科診所，
一路上吃了不少苦頭。

「你好，我是住在動物園的鱷魚。我
聽說德拉拉牙科診所很有名，好不容
易才到了這裡。」

「歡迎歡迎！ 你因為亂七八糟的牙齒而感到
很不方便吧？ 我會幫你把牙齒矯正整齊。」

「德拉拉醫師，真的很謝謝你。
下次我會在同樣時間再過來一趟。」

很快的，天就要亮了。
德拉拉牙科診所即將關門，
病人也都回去了。

「嘿嘿嘿！像這種清晨時段，
應該不會有人吧？」
糟糕！來了個意外的客人。

「天哪！我第一次看到蛀牙這麼多的病人！
呼叫大蒜護理師！」

「天快亮了！已經沒時間了！
必須趕快送進超級診療室才行。」

「還ㄏㄞˊ沒ㄇㄟˊ結ㄐㄧㄝˊ束ㄕㄨˋ呢ㄋㄜ！
我ㄨㄛˇ們ㄇㄣˊ診ㄓㄣˇ所ㄙㄨㄛˇ治ㄓˋ療ㄌㄧㄠˊ完ㄨㄢˊ會ㄏㄨㄟˋ
送ㄙㄨㄥˋ你ㄋㄧˇ小ㄒㄧㄠˇ禮ㄌㄧˇ物ㄨˋ喔ㄛ！」

「先ㄒㄧㄢ生ㄕㄥ，你ㄋㄧˇ要ㄧㄠˋ
去ㄑㄩˋ哪ㄋㄚˇ裡ㄌㄧˇ？」

哇ㄨㄚ！

「我ㄨㄛˇ再ㄗㄞˋ也ㄧㄝˇ不ㄅㄨˊ敢ㄍㄢˇ做ㄗㄨㄛˋ壞ㄏㄨㄞˋ事ㄕˋ了ㄌㄜ！
我ㄨㄛˇ以ㄧˇ後ㄏㄡˋ也ㄧㄝˇ會ㄏㄨㄟˋ乖ㄍㄨㄞ乖ㄍㄨㄞ刷ㄕㄨㄚ牙ㄧㄚˊ！」

最後一位病人飛快的逃走了。

現在真的到關門時間了。
只在晚上營業的德拉拉牙科診所，
需要好好睡一覺。

祝大家有個美好的早晨。
別忘了刷牙喔！ 再見！